Titre original : Oopsie-Daisy
© 2014 by Rob Scotton
Couverture : Rick Farley
Texte : J. E. Bright
Illustrations intérieures : Loryn Brantz

Publié avec l'accord de Harper Collins Children's Books, une division de Harper Collins Publisher Inc.

© 2015 Éditions Nathan, Sejer,
25, avenue Pierre-de-Coubertin, 75013 Paris
ISBN : 978-2-09-255702-0
Loi n°49-956 du 16 juillet 1949
sur les publications destinées à la jeunesse,
modifiée par la loi n°2011-525 du 17 mai 2011.

Achevé d'imprimer en janvier 2019 par Pollina - 87753
N° d'éditeur : 10252322 — Dépôt légal : janvier 2015.

Splat
adore jardiner !

D'après le personnage de Rob Scotton

C'est bientôt le printemps mais aujourd'hui...
il pleut. Splat est bien embêté à l'idée
de passer toute la journée à la maison.

Soudain, Harry Souris entre dans sa chambre
en tenant une drôle de graine.
— Où as-tu trouvé ça ? demande Splat étonné.

Harry Souris regarde la graine
en haussant les épaules.
– Je me demande ce que ça peut
bien être ? s'interroge Splat.

– Il n'y a qu'une solution pour le savoir,
continue Splat. Il faudrait qu'elle pousse !

Pour cela, il faut commencer par la planter.
Mais je n'ai jamais rien planté. Et toi, as-tu déjà
planté quelque chose ? demande Splat à Harry
Souris.
Ce dernier hausse encore les épaules.
– Alors, direction la bibliothèque !
annonce Splat.

Splat et Harry Souris cherchent un livre de
jardinage dans les rayons de la bibliothèque.
Mais ce sont des livres beaucoup trop
compliqués ! Splat veut faire pousser
une petite plante, pas un champ de maïs !

Splat demande de l'aide à la bibliothécaire.
Elle lui tend enfin le livre qu'il lui faut !

« Commencez par remplir un pot
avec de la terre », explique le livre.
Malheureusement, Splat vise mal.

« Plantez ensuite la graine dans la terre,
placez le pot au soleil et arrosez. »
Malheureusement, Splat vise mal
une nouvelle fois.

Splat observe son pot de terre tous les jours en espérant qu'une tige va apparaître.

Il se demande bien
quelle plante va sortir.

La graine va peut-être donner
un buisson de roses piquantes ?

Ou un arbre allant jusqu'au ciel ?

Splat n'en peut plus d'attendre.
Il chante des chansons
à sa plante.

Il lui lit des livres.
Et il lui raconte
même des histoires.

Pendant deux semaines, il compte les jours...

... Et commence à perdre espoir.
Désespéré, il arrose encore une fois
son pot, on ne sait jamais.

Et à cet instant, la terre du pot se met à trembler.
Une petite tige verte apparaît !
Splat crie de joie puis il s'arrête net de peur
d'effrayer la graine et de la voir rentrer
sous terre.

Pendant les semaines suivantes,
la plante grandit un peu plus chaque jour.
Un jour, un petit bourgeon apparaît.
Splat est le plus heureux des chats.

14 jours
7 jours
1 jour

Le jour suivant, le bourgeon s'ouvre
et une fleur éclot.

Ce n'est ni une plante tropicale,
ni un buisson de roses piquantes,
ni un arbre immense.

C'est juste une fleur,
une petite marguerite.
Mais Splat sait tout de suite
à qui l'offrir.

– Je l'adore ! dit maman,
c'est la plus belle fleur du monde !
Splat sourit et fait un câlin à sa maman.
– C'est moi tout seul qui l'ai fait pousser,
explique Splat.
Et aussi un peu Harry Souris.

SPLAT LE CHAT

Retrouve toutes ses aventures !